LES SAISONS.

Le Printemps.

LES SAISONS.

TOME SECOND.

Le printemps.

STRASBOURG, de l'impr. de F. G. LEVRAULT.

Lith de F. G. Levrault.

LES SAISONS.

Le Printemps.

PARIS,

Chez LEVRAULT, rue de la Harpe, n°. 81,
et rue des Juifs, n°. 33, à STRASBOURG.

1836.

LES SAISONS.

LE PRINTEMPS.

Des Animaux et des Végétaux.

« Je crois, Henri, lui dit sa mère un matin, que les arbres seront bientôt en feuilles. »

— « Oh que cela me fait plaisir ! s'écria-t-il ; l'été va commencer, et nous irons à Belle-vue. »

— « Pas encore, reprit sa mère ; nous ne pouvons passer tout de suite de l'hiver à l'été ; le printemps vient auparavant. »

Henri demanda ce que c'était que le printemps, et sa mère lui apprit qu'au printemps il faisait moins froid qu'en hiver et moins chaud qu'en été, et que c'était pendant cette saison que les arbres se couvraient de feuilles.

— « Les arbres ont l'air de morceaux de bois sec, dit Henri; je n'y vois rien qui ressemble à des fleurs ou à des feuilles. »

— « Cependant, reprit sa mère, j'aperçois quelque chose qui annonce que bientôt il y aura des feuilles et peu après des fleurs. »

— « Vos yeux, maman, sont meilleurs que les miens, » dit Henri.

— « Je ne le crois pas, répondit-elle; mais tu n'as pas autant d'habitude d'observer que j'en ai, c'est-à-dire de remarquer ce qui se passe; d'ailleurs tu as vu très-peu de printemps, puisqu'il n'y en a qu'un par an. Saurais-tu me dire combien tu en as vu? »

— « J'ai trois ans et demi, répondit Henri, ainsi j'ai vu trois printemps; mais vous, maman, qui êtes bien âgée, combien en avez-vous vu? »

— « Vingt-quatre, répondit-elle en riant. Lorsque j'étais un enfant, je n'observai pas ce qui se passait tous les ans à cette époque; mais à mesure que j'avançais en âge, je le fis, et je m'aperçus alors que

1.

les arbres qui m'avaient paru morts pendant l'hiver, se couvraient de feuilles au printemps. Les années suivantes je cherchai à découvrir comment la végétation avait lieu, et je remarquai qu'à l'extrémité des branches il y avait de petits boutons de la grosseur de la tête d'une épingle, et qu'à mesure que la chaleur augmentait, ces boutons grossissaient. »

— « Est-ce que maintenant il y en a sur les arbres? » demanda Henri.

Sa mère ouvrit une fenêtre, le prit dans ses bras, et lui montra que l'arbre qui était près de la croisée était couvert de bourgeons.

— « Oh, je les vois très-bien! » s'écria Henri.

— « Tu les voyais aussi bien tout à l'heure, lui dit sa mère; seulement tu n'y avais pas fait attention, parce que tu ne savais pas que ces boutons deviendraient des feuilles. »

— « Mais à présent que je le sais, reprit Henri, j'y ferai attention, et je les regarderai tous les matins. »

— « Si tu les examines avec autant d'attention, lui dit sa mère, tu les verras grossir de jour en jour jusqu'au moment où ils s'ouvriront; alors tu distingueras parfaitement toutes les feuilles qui sont dans l'intérieur. »

— « Combien elles doivent être petites, et que j'aurais de plaisir à ouvrir un de ces boutons pour voir

comment les feuilles tiennent de-
dans! » dit Henri.

— « Tu veux toujours voir l'intérieur de tout, reprit sa mère; mais
rappelle-toi que hier tu as voulu
voir l'intérieur du joujou que ta
tante t'avait donné, et que tu l'as
gâté; si tu cueilles maintenant ces
boutons et que tu les ouvres, ils
mourront et ne se changeront jamais en feuilles. »

— « Mais il y en a tant, qu'on
pourrait bien en perdre quelques-
uns, » dit Henri.

— « C'est vrai, répondit sa mère,
et la première fois que nous sorti-
rons, nous en cueillerons et nous
les ouvrirons avec un couteau. »

— « Souffriront - ils, demanda Henri, sont-ils vivans? »

—« Ils vivent, répondit sa mère, puisqu'ils croissent et que tout ce qui est mort ne pousse pas; mais ils n'ont pas la faculté de sentir. »

—« Alors, reprit Henri, ils ne sont pas vivans comme le moineau qui criait tant l'autre jour, quand le chat l'a attrapé, ni comme le chien de garde, Fox, qui se plaint, lorsque je lui tire les oreilles, ni comme toutes *ces sortes de choses.* »

— « Veux-tu, lui demanda sa mère, que je te dise comment on nomme toutes *ces sortes de choses?* »

— « Oui, maman, répondit Henri, mais ce doit être un mot bien long, pour comprendre toutes ces choses; car il y a encore les vaches, les chevaux, les ânes et les moutons, qui bêlent, lorsqu'on leur fait du mal; comment donc les appelle-t-on ? »

— « Des animaux, » répondit-elle.

— « Les poulets, les canards et les lapins sont-ils aussi des animaux? » demanda encore Henri.

— « Oui, répondit sa mère; en général, on nomme animal tout être sensible. »

— « Ce mot n'est pas aussi long et aussi difficile à prononcer que je le pensais, » dit Henri

— « Il y en a un qui n'est pas plus difficile, et qui indique toutes les choses qui ne sentent pas et ne marchent pas, » lui dit sa mère.

— « Les arbres, les fruits et les fleurs doivent en faire partie, s'écria Henri ; puis encore le gazon, sur lequel nous marchons dans le jardin, il grandit ; car je vois le jardinier le couper très-souvent. Mais j'espère que l'herbe ne peut pas sentir ; car on lui ferait bien mal en la coupant. »

— « Non, répondit sa mère ; maintenant prête toute ton attention à ce que je vais te dire. Toutes les choses qui grandissent et qui n'ont pas la faculté de sentir, sont nommées végétaux. »

— « Végétaux ? répéta Henri, ce mot n'est guère plus difficile à prononcer qu'animaux; je pourrai, je crois, me le rappeler, je voudrais cependant qu'il y eût un mot plus court. »

— « Eh bien, reprit sa mère, je vais t'en dire un qui a presque la même signification et qui est très-court, c'est plante. »

— « Ce mot-là est très-facile à retenir, dit Henri; ainsi un arbre est une plante, une rose est une plante, et une orange est aussi une plante. »

— « Un rosier, reprit sa mère, est une plante; mais la rose est une partie de plante appelée fleur, et l'orange est une autre partie de plante, appelée fruit. Lequel aimes-tu mieux, Henri, des plantes ou des animaux? »

— « Je ne sais pas trop, répondit-il ; j'aime beaucoup les pommes et les oranges ; elles sont si bonnes à manger ; mais les fleurs sont bien jolies : je crois que j'aime mieux les plantes. » Puis il réfléchit un peu et dit : « J'aime mieux les animaux, parce que je puis jouer avec les chiens et les chats, et qu'ils courent avec moi. »

Mme Dumont lui dit alors : « Les végétaux ne peuvent pas jouer avec toi, parce qu'ils sont fixés dans la terre, et qu'ils n'ont pas la faculté de se remuer. »

— « Cependant, s'écria Henri, les branches des arbres remuent beaucoup. »

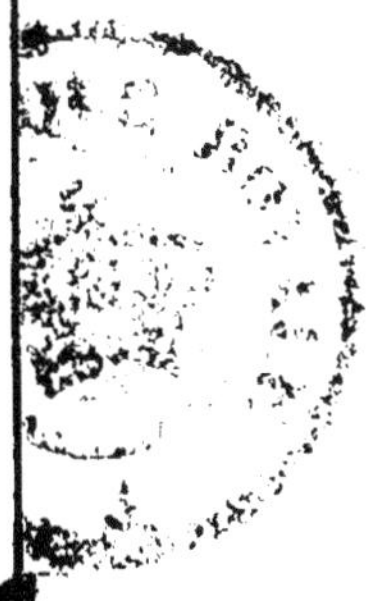

— « Sans doute, reprit sa mère ; ils se meuvent, si quelque chose les agite ; mais ils ne peuvent pas bouger d'eux-mêmes, ni aller d'un lieu à un autre. »

— « Non, répondit Henri, ils ne volent pas dans les airs, ni ne nagent comme les poissons qui sont dans l'eau, ni ne courent comme le font les chevaux, les chiens, les petites filles et les petits garçons. Oh, les pauvres plantes ! je n'aimerais pas à être à leur place, toujours attaché au même endroit sans pouvoir bouger. »

— « Il est inutile de les plaindre, lui dit sa mère ; rappelle-toi qu'ils ne peuvent pas sentir. »

—« Je l'oublie toujours, reprit Henri; je suis fort aise qu'elles ne sentent pas; autrement elles auraient tant de chagrin d'être forcées de rester tranquilles.

———

Le Cerceau.

Un matin Henri et sa mère étaient à se promener aux Tuileries, lorsqu'ils rencontrèrent Charles, qui faisait rouler un cerceau.

—« Je te plains, dit-il à Henri, de n'avoir pas de cerceau; maintenant que le temps est beau et que la terre est sèche, tous les petits garçons en ont. »

Henri était si content de voir

rouler celui de Charles, et si pressé de savoir s'il pourrait en faire autant, qu'il pria son ami de le lui prêter, ce que Charles fit aussitôt. Dans sa joie, Henri oublia de demander comment il fallait s'y prendre pour le faire rouler, et se mit à frapper dessus avec le bâton. A chaque coup le cerceau, au lieu de rouler, tombait à terre.

— « Que tu es mal-adroit, dit Charles, puisque tu ne sais pas faire rouler un cerceau ; ce n'est pas la peine de t'en prêter un. »

Henri rougit, moitié de honte et moitié de colère. Sa maman dit alors à Charles : « Il ne peut le savoir que quand on le lui aura montré; voulez - vous le lui apprendre ? »

Charles ne demandait pas mieux; mais il savait y jouer, et ne pouvait expliquer à Henri la manière dont il devait s'y prendre. Sa mère vint alors à son secours et lui dit, que le cerceau devait être debout, bien droit, et que s'il penchait plus d'un côté que de l'autre, il tomberait à terre de ce côté. Henri essaya vainement plusieurs fois de le faire tenir droit, il ne pouvait y réussir. Il était au moment de se décourager, lorsque sa mère lui dit : « De la persévérance, Henri, n'y renonce pas. » Il essaya encore, et cette fois le cerceau roula très-bien, et d'autant mieux qu'on descendait de la terrasse au bord de l'eau.

Henri était si joyeux, qu'il le suivait en courant aussi vite qu'il lui était possible de le faire, sans penser qu'il s'exposait à tomber. A la fin, fatigué, il voulut s'arrêter, mais il ne le put pas, et lui et le cerceau vinrent rouler au bas de la terrasse. Il se donna un coup assez violent, mais sa mère vint le relever promptement, et lui demanda qui de lui ou du cerceau s'était fait le plus de mal.

Cette question fit rire Henri, quoiqu'il fût tout prêt à pleurer; il répondit : « C'est moi; car vous savez, maman, qu'un cerceau n'est pas un animal. »

—«C'est très-vrai, mon fils; mais qu'est-ce qu'un cerceau, penses-tu que ce soit un végétal?»

—«Oh non, maman, répondit Henri; ce n'est ni un arbre, ni une fleur, ni un fruit; ce n'est pas une plante, pas même une partie de plante.»

—«Tu te trompes, lui dit sa mère, un cerceau est fait d'une partie d'un arbre; tu vois que cela tient des végétaux. Quand on abat un arbre, et que l'écorce est ôtée, tout l'intérieur est en bois; alors, si un menuisier en coupe un morceau long, étroit, pareil à celui-ci....» dit-elle, en lui montrant le cerceau.

—«Mais, maman, le cerceau est

rond, il n'est pas long ! » s'écria Henri.

— « C'était d'abord un morceau de bois long, reprit sa mère, mais le menuisier a pris les deux bouts et les a ployés jusqu'à ce qu'ils fussent rapprochés ; alors il les a attachés ensemble ; regarde Henri, vois-tu l'endroit où les deux bouts viennent se joindre ? »

— « Comme cela est bien joint ! dit Henri ; jamais je ne m'en serais aperçu, si vous ne m'aviez montré la place. »

— « On la voit cependant bien, reprit sa mère ; seulement tu n'y avais pas fait attention, parce que tu étais occupé à regarder le cerceau rouler. Rends-le maintenant à Charles; il faut que nous retournions à la maison. »

— « Quoi, sitôt? demanda Henri; j'aurais bien désiré rester pour faire encore un tour. »

— « Eh bien, fais-en un, répondit sa mère, et demain, si j'ai le temps, nous irons chez un marchand de joujoux pour acheter un cerceau. »

— « Oh, que je voudrais être à demain! dit Henri; mais maman, pourquoi un cerceau n'est-il pas un animal, puisqu'il court aussi vite qu'un chat? »

— « Il ne court pas, répondit sa mère; il roule, si tu le pousses avec un bâton; mais il ne peut pas se remuer tout seul, comme le font les animaux, parce qu'il n'est pas vivant. »

« Je voudrais qu'il eût des jambes, dit Henri, parce que alors il se tiendrait tranquille quelquefois; mais il faut toujours être à le pousser, autrement il s'arrête et tombe. »

— « S'il avait des jambes, tu ne pourrais pas le faire rouler; car alors elles frapperaient contre la terre et l'arrêteraient, » lui dit sa mère.

— « Alors j'aime mieux qu'il n'en ait pas, » reprit Henri.

Il était pressé de voir finir la journée et d'être au lendemain; cependant il ne trouva pas le temps trop long, parce qu'on le fit coucher de bonne heure et qu'il dormit toute la nuit. Mais le lendemain le soleil ne paraissait pas du tout; il était caché par de gros nuages, et il pleuvait à verse.

— « Croyez-vous, maman, qu'il pleuvra toute la journée? » demanda Henri.

— « Je ne sais pas, mon ami, répondit sa mère; mais lors même que le temps s'éclaircirait, il y aura trop de boue dans les rues pour que nous puissions aller nous promener. »

Ce n'était pas une consolation pour Henri; mais il prit une ferme résolution de ne pas laisser voir combien il était contrarié.

—« Que vais-je faire, maman ? »
demanda-t-il.

—« Veux tu lire ? » lui répondit-
elle.

—« Lire à présent, reprit-il, au
lieu de jouer avec un cerceau? »

—« Comme tu voudras, lui dit
sa mère; je te l'ai proposé pour
t'aider à passer le temps; je te
laisse libre de lire ou de ne pas
lire. »

—« Henri dirigea doucement ses
pas vers le tiroir où étaient ses
livres; mais il y alla lentement et
pas en sautillant, comme il en avait
l'habitude. Il se mit à lire, et quoiqu'il ne le fît pas de bien bonne
grâce, comme il n'était pas dans

un accès de gaîté, il fut moins dis-
trait, et la leçon se passa assez bien.
Dès qu'elle fut terminée, sa mère
sonna et demanda les chevaux.

— « Où allez-vous en voiture ? »
demanda Henri avec empressement.

— « Faire une visite, » lui répondit sa mère.

— « Est-ce tout ? » reprit-il d'un
air triste.

— « Non, mon ami ; où vais-je
encore ? devine Henri. »

— « Chez le marchand de joujoux ! s'écria-t-il ; maman est-ce que
vous me mènerez avec vous ? »

— « Oui, mon fils, répondit-elle ;
ta patience a été mise à l'épreuve
aujourd'hui, et tu l'as supporté

avec trop de courage pour ne pas mériter une récompense. »

Que Henri fut aise de n'avoir pas pleuré! il allait acheter un cerceau, et sa mère était contente de lui; il se mit à sauter de joie.

———

Le Marchand de joujoux.

Ils montèrent en voiture, et se rendirent d'abord chez la personne à laquelle Mme Dumont voulait faire une visite. Ne l'ayant pas trouvée, elle y laissa une carte, et donna l'ordre de les conduire au passage Vivienne. Dès qu'ils furent arrivés, elle prit la main de son fils et le mena chez un marchand de joujoux. Quoique Charles eût souvent parlé à Henri de la beauté de ces boutiques, comme ce dernier n'y avait jamais été auparavant, il fut si saisi d'admiration, qu'il resta les yeux grands ouverts sans rien dire; il n'entendit même pas la voix du marchand, qui lui demandait ce qu'il désirait acheter.

Mme Dumont répondit que c'était un cerceau.

Aussitôt le marchand alla en chercher plusieurs de différentes grandeurs, et Mme Dumont dit à son fils d'en choisir un; mais au lieu de regarder le cerceau, il s'écria : « Maman, voyez que cette petite voiture attelée de quatre chevaux est jolie, ainsi que ce village! j'aimerais mieux cela qu'un cerceau. »

— « Tu peux choisir, lui dit sa mère, ce qui te plaît le plus; seulement je te fais observer que si tu prends le village, tu seras obligé de rester assis pour y jouer, et tu n'aimes pas beaucoup à rester long-temps à la même place. »

— « Cela est vrai, maman, répondit Henri; mais je pourrais emporter la petite voiture à la promenade et la montrer à Charles. »

— « Sans doute, reprit Mme Dumont; mais quand Charles l'aura regardée pendant cinq minutes, il sera trop occupé de faire rouler son cerceau pour rester près de toi, et peut-être dirait-il: Si tu avais acheté un cerceau au lieu d'une voiture, nous aurions pu courir ensemble. »

—« Vous avez raison, maman! s'écria Henri; ainsi je me décide pour un cerceau. »

On lui en choisit un bien joli. M.me Dumont le paya et voulut s'en aller; mais Henri restait en arrière; il ne pouvait détacher ses yeux de dessus les joujoux.

—« Je t'ai laissé le temps et la liberté de choisir ce qui te ferait plaisir, lui dit sa mère; tu t'es décidé pour un cerceau, maintenant il faut t'en contenter; il n'y a rien de si ridicule que de ne pas savoir ce que l'on veut, ou de changer d'avis, une fois qu'on a pris une décision. » Elle le prit alors par la main et sortit de la boutique avec lui.

Ils arrivèrent bientôt aux Tuileries, où ils ne tardèrent pas à rencontrer Charles. Henri se mit aussitôt à courir avec lui, et il oublia le chagrin qu'il avait éprouvé de quitter la boutique de joujoux. Déjà une heure s'était écoulée qu'ils couraient ensemble, lorsqu'ils rencontrèrent un de leurs camarades, nommé Alfred, qui traînait une petite voiture à quatre chevaux, semblable à celle qui peu d'heures auparavant avait excité l'envie de

Henri. Alfred aurait bien voulu courir avec eux, mais dès qu'il marchait un peu vite, la petite voiture se renversait, et il était obligé de s'arrêter pour la ramasser. Charles et Henri étaient au bout de l'allée avant qu'Alfred ne fût parvenu à la moitié. Il en était si ennuyé qu'il finit par demander à sa bonne de prendre soin de la voiture, et il pria Henri de lui prêter son cerceau pour qu'il pût le faire rouler. Henri le fit tout de suite, et au lieu de se dire, comme il avait fait la veille, qu'il était fâché de n'avoir pas de cerceau, il fit part à sa mère du plaisir qu'il éprouvait de prêter le sien à Alfred. La bonne de ce dernier ne tarda pas de s'approcher de Henri, et lui dit que, puisqu'il avait eu la complaisance de prêter son cerceau à Alfred, il était juste qu'il jouât avec la voiture.

Henri hésita un instant; elle ne lui plaisait plus depuis qu'il l'avait vue tomber si souvent ; mais quand la bonne d'Alfred lui eut fait voir que la porte s'ouvrait et se refermait, alors il se mit à jouer avec elle jusqu'au moment où Mme Dumont l'appela et lui dit qu'il était l'heure de rentrer.

Des Arbres et des Bourgeons.

Un jour que Mme Dumont et Henri se promenaient au bois de Boulogne, les regards de ce dernier se portèrent sur les arbres qui les entouraient. « Maman ! s'écriat-il, voyez comme les boutons ont grossi depuis la semaine dernière ; je vous en prie, cueillez en quelques-uns ; je désire tant en voir l'intérieur. »

Mme Dumont tenait à la main une ombrelle, à l'aide de laquelle elle courba une des branches d'un marronnier et cueillit plusieurs boutons, qui étaient de la grosseur d'une noix.

Henri en prit un : « Qu'il est gluant ! s'écria-t-il, est-ce qu'il est sale ? »

— « Non, répondit Mme Dumont, cette substance gluante sert à préserver l'intérieur du bouton de la pluie, qui sans cela le ferait pourrir. »

Dès que Henri et sa mère furent rentrés, elle posa tous les boutons qu'elle avait cueillis sur une table; elle choisit le plus gros et le coupa en deux.

— « Je n'y vois ni fleur, ni fruit, » dit Henri.

Mme Dumont retira avec la pointe d'un canif ce qu'il y avait dans l'intérieur du bouton, l'ouvrit et fit remarquer à son fils que c'était un

grand nombre de feuilles bien petites, collées les unes contre les
autres.

— « A quoi sert la petite mousse
blanche qui les couvre? » demanda
Henri.

— « A les préserver du froid, »
répondit sa mère.

— « Mais où est la fleur? » demanda encore Henri.

— « La voici, répondit Mme Dumont; elle est dans le cœur même
du bouton. Maintenant que tu les
as vus en bourgeons, reconnaîtras-
tu leur forme première, lorsqu'ils
se changeront en feuilles et en
fleurs ? »

— « Oui, maman, répondit Henri,

ces dernières seront beaucoup plus grandes, voilà tout. »

— « Les bourgeons grossissent tous les jours, mon enfant, dit Mme Dumont; bientôt l'enveloppe sera trop petite pour les contenir; alors elle s'ouvrira, les feuilles paraîtront d'abord, la fleur viendra ensuite. Mais bien des jours s'écouleront d'ici-là; il leur faut de la pluie et du soleil pour pousser. »

— « Comment auront-ils du soleil et de la pluie en même temps, demanda Henri, puisque, quand il pleut, le soleil est caché par les nuages ? »

— « Aussi n'en auront-ils pas en même temps, répondit sa mère, mais l'un après l'autre; un jour il pleuvra, et le lendemain il fera du soleil. »

—« Mais, maman, reprit Henri, il me semblait que vous m'aviez dit que la pluie gâterait les boutons et que l'enveloppe était couverte d'une matière collante, afin de les en garantir. »

—« La pluie leur ferait mal, répondit Mme Dumont, si elle pénétrait dans l'intérieur par l'enveloppe; mais elle y arrive par un autre moyen. »

—« Lequel? » demanda Henri.

—« Je n'ai pas le temps de te l'expliquer maintenant, répondit sa mère; il est bientôt l'heure de dîner, et j'ai ma toilette à faire; ainsi, prends tous ces bourgeons, porte-les à ta bonne; tu la prieras de les ouvrir, et de te montrer les feuilles qu'ils renferment. Ce ne sera pas facile; parce que plus ils sont petits, moins on peut distinguer la forme des feuilles. »

Henri embrassa sa mère; puis il courut trouver Anna; mais cette dernière n'entendait rien à ouvrir les boutons des arbres, et Henri ne pouvant pas y parvenir non plus, il s'amusa à les faire rouler par terre, et dit : « Nous en cueillerons d'autres demain. »

Effet de l'eau sur les Plantes.

Le lendemain, M.me Dumont appela son fils, et lui dit de venir l'aider à arroser les plantes qui étaient sur le balcon. Dès qu'il eut mis de l'eau dans un petit arrosoir que sa mère lui avait donné, — « je vais, lui dit-elle, te montrer comment l'eau parvient dans l'intérieur des bourgeons ; verses-en sur ce géranium. »

Henri leva le bras aussi haut qu'il put. « C'est pour simuler de la pluie, dit-il, que je verse l'eau de bien haut. »

— « L'eau que tu as versée sur les feuilles, lui dit sa mère, a ôté la

poussière dont elles étaient couvertes; mais ce n'est que celle qui
pénètre dans la terre qui les fait
pousser. Lorsqu'on te baigne, est-
ce l'eau qui te fait grandir?»

— «Non, répondit Henri, c'est
de manger du pain et du poulet;
mais les plantes n'ont pas de bouches
et ne peuvent, il me semble, ni
boire, ni manger. »

— «C'est vrai, mon enfant, dit Mme
Dumont, mais elles ont quelque
chose qui leur en tient lieu. » Elle
arracha le géranium du pot dans
lequel il était, le secoua pour faire
tomber la terre qui couvrait les
racines, les fit remarquer à Henri,
et lui dit qu'à l'extrémité de chacun

de ces petits filamens il y avait un trou, et que c'était par là que l'eau pénétrait dans l'intérieur de la plante.

—« Je ne vois pas les trous! » s'écria Henri.

—« Ni moi non plus, reprit sa mère; ils sont trop petits pour que nous puissions les distinguer. »

—« Mais alors, comment l'eau y entre-t-elle? » demanda Henri.

—« Goutte par goutte, » répondit sa mère.

—« Et où va-t-elle ensuite? » demanda encore Henri.

—« D'abord dans les racines, répondit Mme Dumont, puis dans la tige, dans les branches, ainsi que dans les feuilles et dans les fleurs. »

— « Est-ce que l'eau suffit pour nourrir le grand arbre qui est vis-à-vis de nous? » demanda Henri.

— « Oui, mon enfant, répondit Mme Dumont; la pluie de ce matin a mouillé la terre; bientôt après l'eau est parvenue jusqu'aux racines de l'arbre et y est entrée par de petits trous semblables à ceux du géranium; mais ce dernier se meurt, parce que je l'ai arraché de la terre. Regarde ce rosier, ajouta-t-elle; ses feuilles sont molles et tombantes; il a besoin d'eau, et si on ne lui en donnait pas, il mourrait aussi; mais dans deux ou trois heures l'eau lui aura rendu toute sa fraîcheur.

Maintenant, mon enfant, écoute bien ce que je vais te dire : Les plantes se composent de racines, de tiges, de feuilles, de fleurs et d'autres choses encore que tu es trop jeune pour comprendre. »

—« Je sais que les feuilles sont vertes, maman, s'écria Henri; mais je ne connais pas les racines, ni les tiges. »

—« La racine, reprit Mme Dumont, est la partie inférieure de la plante, qui est cachée dans la terre, qu'on appelle aussi sol ; tandis que la tige s'élève au-dessus de la surface de la terre et porte les autres parties de la plante, qui sont : les branches, les feuilles, les fleurs et les fruits.

Toutes les semences des plantes, c'est-à-dire ce qui les produit, ont différens étuis, qui les mettent à couvert jusqu'à ce qu'elles soient mises dans la terre. Les unes sont dans les cœurs des fruits, comme les pepins des pommes; il y en a qui sont enveloppées de coques de bois plus ou moins dures, comme les noix, les amandes, les prunes et les pêches. Te souviendras-tu bien, de tout cela, Henri? »

— « Je tâcherai, maman, » répondit-il.

— « Viens m'embrasser, mon enfant, lui dit-elle; puis tu iras jouer au volant. »

Au bout de quelques heures,

Mme Dumont rappela son fils près d'elle pour lui faire voir que le rosier, qui le matin se mourait faute d'eau, était redevenu vivace.

— « Que les feuilles sont vertes et belles maintenant ! s'écria Henri ; comme j'aurai soin d'arroser les plantes et les fleurs qui orneront le petit jardin que vous devez me donner, quand nous serons à Belle-vue ! Vous rappelez-vous de m'en avoir promis un, maman ? »

— « Oui, mon enfant, répondit-elle ; mais en attendant que nous allions à Belle-vue, je puis te donner plusieurs petits arbustes, que tu mettras dans ta chambre. » Elle choisit aussitôt trois plantes, un géranium, un rosier et un myrte, que Henri s'empressa d'emporter l'un après l'autre dans sa chambre.

—« Ma bonne, dit-il, regardez le joli cadeau que maman vient de me faire ! »

Anna l'admira beaucoup, et fit remarquer à Henri que le géranium était couvert de boutons. « Il sera bientôt en fleurs, ajouta-t-elle; il faut le soigner beaucoup. »

—« Oui, répondit-il, je l'arroserai pour le faire pousser. »

La Souris.

Un jour, pendant que Henri s'amusait à jouer dans la chambre de sa bonne, il entendit un léger bruit qui ressemblait à celui qu'on ferait en grattant contre un mur. Il eut peur, et il alla près de sa bonne lui demander d'où pouvait venir ce bruit. Anna regarda tout autour de la chambre et fit remarquer à Henri une souris, qui avait déjà la moitié du corps sortie d'un petit trou qui était à l'extrémité de la chambre.

— « Quelle jolie petite bête! » s'écria Henri. Dès que la souris eut entendu du bruit, elle se cacha.

— « Le son de votre voix l'a effrayée, dit Anna, et elle s'est sauvée. »

—« Les oiseaux et les souris se figurent toujours qu'on va leur faire du mal, dit Henri; penses-tu qu'elle revienne, Anna? »

— « Je ne sais pas, » répondit-elle.

Ils attendirent vainement; quoique Henri ne fît pas le moindre bruit, la souris ne reparut pas. Anna dit alors qu'elle allait chercher un peu de fromage et le mettre tout près du trou; que la souris en sentirait l'odeur et sortirait pour en manger. Au bout de quelques instans la petite bête avança la tête, et n'entendant pas de bruit, elle alla tout doucement grignoter le fromage.

— « Comme elle paraît aimer le fromage ! » dit Henri à voix basse.

Pendant ce temps Anna prit un balais et le mit devant le trou par où la souris était sortie. Dès que la souris eut entendu du bruit, elle chercha à regagner sa cachette ; mais lorsqu'elle vit qu'elle ne pouvait y rentrer, elle fut très-effrayée, et se mit à parcourir la chambre dans tous les sens, pour chercher si elle ne pourrait pas s'échapper.

— « Pauvre petite souris, ne t'effraie pas ainsi, dit Henri, je ne veux pas te faire du mal ; je voudrais seulement jouer avec toi pendant quelque temps; puis après je te rendrai la liberté. Est-ce qu'elle demeure dans ce trou ? »

— « Oui, répondit Anna; les souris vivent presque toujours dans les cloisons et sous les parquets; celle-ci vient de faire ce trou pour pouvoir en sortir. »

— « Comment un si petit animal peut-il faire un trou dans du bois ? » demanda Henri.

— « Elle le ronge avec ses dents, » répondit Anna.

— « Veux-tu essayer de l'attraper, dit Henri; moi je ne le puis pas. »

Anna prit alors la souris; elle la mit dans son tablier, et Henri alla la regarder.

La pauvre petite bête était toute essoufflée, tant elle était effrayée et fatiguée d'avoir couru.

—« Je vais lui chercher le fromage, » dit Henri. Mais lorsqu'il le lui apporta, elle ne voulut pas y toucher. « Pauvre petite! reprit-il, peut-être qu'elle a un papa et une maman chez elle, et qu'elle a envie de retourner auprès d'eux ! » et il la caressa.

Henri et Anna avaient fait tant de bruit en courant, que la cuisinière, qui se nommait Fanchette, vint demander ce qui était arrivé.

—« Rien, répondit Henri; seulement nous avons attrapé une souris. »

— « Une souris, s'écria Fanchette, ayez pitié de moi ! » et elle se mit à jeter les hauts cris.

— « Qu'a donc Fanchette ? » demanda Henri à Anna.

— « Elle a peur des souris, » répondit-elle.

— « C'est sans doute pour plaisanter qu'elle dit cela; comment une grande personne pourrait-elle avoir peur d'un si petit animal ? » demanda Henri.

— « C'est très-sérieusement, répondit Fanchette, je ne puis souffrir les souris. »

— « Eh, pourquoi n'aimez-vous pas ces pauvres petites bêtes ? » dit Henri.

— « Elles sont très - méchantes, reprit Fanchette ; je suis sûre que si Anna tenait celle-là moins serrée, elle vous mordrait ; je veux aller chercher le chat, il vous en débarrassera promptement. »

Fanchette allait sortir de la chambre, lorsque Henri, se rappelant que le chat avait manqué de manger le moineau peu de jours auparavant, courut après Fanchette, la retint par sa robe et s'écria : « Vous n'irez pas chercher le chat, méchante Fanchette ; je ne veux pas qu'on tue cette pauvre petite souris. »

— « Vous venez de déchirer ma robe, monsieur, dit Fanchette, je vais aller m'en plaindre à madame votre mère. »

Cette dernière, qui avait entendu crier son fils, venait d'entrer; elle regarda Henri, et vit qu'il était rouge de colère, et que de grosses larmes coulaient le long de ses joues. Anna lui raconta ce qui s'était passé.

— « Tu as eu tort, Henri, lui dit sa mère, de te mettre en colère et de déchirer la robe de Fanchette. »

— « Mais elle voulait aller chercher le chat, » reprit Henri en sanglotant.

— « Cela t'excuse un peu, continua sa mère; mais pourquoi ne l'as-tu pas priée poliment de ne pas le faire? Quant à elle, puisqu'elle avait peur, elle aurait dû s'en aller. »

Fanchette se retira toute honteuse, quand elle vit que sa maîtresse trouvait ridicule qu'elle eût peur d'une souris.

—« Où est la petite bête qui a causé tout ce bruit? » demanda M.me Dumont.

—« La voici, madame, » répondit Anna en ouvrant son tablier.

La souris profita de ce moment pour s'échapper; elle parcourut la chambre dans tous les sens, jusqu'à ce qu'elle eût trouvé le petit trou par où elle était entrée, et bientôt après elle disparut.

—« Viens m'embrasser, Henri,

lui dit sa mère en souriant; je te pardonne, parce que tu ne t'es mis en colère que pour défendre la vie d'un petit être faible; cependant j'espère qu'une autre fois tu auras plus d'empire sur toi-même. Tu dois aussi quelques dédommagemens à Fanchette pour avoir déchiré sa robe. »

— « Mais, dit Henri, n'était-ce pas bien ridicule à Fanchette d'avoir peur d'une souris ? »

— « Je pense, répondit sa mère, que lorsqu'elle était une petite fille, quelqu'un lui aura dit que les souris étaient méchantes et qu'il fallait les faire manger par le chat, et que depuis ce temps elle en a toujours eu peur. J'ai connu plusieurs grandes personnes que la vue d'une araignée, d'une chauve-souris ou d'une chenille faisait trembler, parce que dans leur enfance on les avait habituées à les craindre. »

Pendant que Henri causait avec sa mère, Anna avait été chercher un menuisier pour boucher le trou qu'avait fait la souris; elle en trouva un qui vint de suite.

— « Pauvre petite souris, dit Henri, pendant qu'il regardait le menuisier travailler, tu ne pourras plus sortir ! »

— « Elle fera mieux de rester chez elle, reprit sa mère, car elle ne peut sortir sans risquer de tomber entre les griffes du chat. »

— « Alors il n'est pas ridicule aux souris d'avoir peur du chat, » dit Henri.

— « Au contraire, répondit sa mère ; il n'est ridicule d'avoir peur que lorsqu'il n'y a pas de danger ; mais quand il y en a, la crainte n'est plus que de la sagesse et de la prudence. »

Développement des Feuilles des Arbres.

L'on était au commencement du mois d'Avril, lorsque Henri entra un matin dans la chambre de sa mère, qui était encore au lit.

— « Dépêchez-vous de vous lever,

maman, s'écria-t-il, pour regarder par la fenêtre : devinez, je vous prie, ce que vous y verrez ! »

— « Le soleil, peut-être, répondit-elle ; je serai très-aise de le voir luire aujourd'hui, surtout après la pluie que nous avons eue hier. »

— « Ce n'est pas cela, dit Henri ; le soleil luit souvent ; je ne serais pas accouru si vite pour vous le faire remarquer ; puis il grimpa sur le lit de sa mère, et lui cachant les yeux avec les mains, il s'écria de nouveau : « Maintenant, maman, vous ne pouvez pas voir la fenêtre ; devinez encore. »

— « Je vais réfléchir un instant avant de te répondre, » dit-elle.

Pendant ce temps, Henri tenait toujours ses petites mains sur les yeux de sa mère et lui criait à chaque instant : « Ne regardez pas, maman ! » Au bout de deux ou trois minutes, elle dit d'un ton solennel : « Je devine qu'il y a des feuilles écloses sur le marronnier. »

— « Oui maman, dit Henri ; mais comment avez-vous pu le deviner ? »

— « J'ai réfléchi, répondit-elle, d'abord que tu aurais beaucoup de plaisir à voir les bourgeons se changer en feuilles, puisque hier il avait plu toute la journée, que l'eau avait dû mouiller la terre, pénétrer jusqu'aux racines des arbres et se répandre dans la tige, les branches et les bourgeons, les faire grossir, et que probablement l'enveloppe s'était ouverte. »

Mme Dumont se leva, et pendant qu'elle s'habillait, Henri lui raconta que la veille, lorsqu'il était à jouer avec Charles, ce dernier lui avait demandé de deviner ce qu'il tenait caché dans la main, et qu'il avait répondu tout de suite que c'était une pomme.

— « C'était bien parlé sans avoir réfléchi, dit Mme Dumont; car tu sais que Charles a les mains trop petites pour tenir une pomme sans que tu la voies; et qu'était-ce donc? »

— « Une bille répondit Henri, et si j'avais réfléchi avant de répondre, ainsi que vous venez de le faire tout à l'heure, je crois que j'aurais deviné juste; parce que je l'avais vu mettre la main dans ses poches, et que je sais qu'il a toujours des billes. »

Quand Mme Dumont fut habillée, elle ouvrit la fenêtre, et vit que le marronnier était couvert de feuilles. — « N'ont-elles pas besoin d'eau? demanda Henri; elles sont molles et pendantes, comme l'étaient hier matin celles du rosier. »

— « Non, répondit sa mère; les jeunes feuilles pendent, parce que les petits filamens qui passent au milieu d'elles sont encore trop faibles pour les soutenir. »

Dès que Mme Dumont et son fils eurent déjeûné, ils allèrent aux Tuileries, où ils trouvèrent un grand nombre d'arbres dont les bourgeons commençaient à s'entr'ouvrir.

— « Il me semble, dit Henri, qu'aucun de ces arbres n'a autant de feuilles que celui qui est dans notre jardin; pourquoi cela, maman? »

— « Parce que, répondit Mme Dumont, ce dernier est en plein midi, exposé presque toute la journée aux rayons du soleil, et il est préservé du vent par la maison. »

— « Est-ce que le vent fait mal aux feuilles, maman? » demanda Henri.

—«Oui, répondit-elle; s'il est très-froid, au commencement du printemps, il les flétrit. »

— «Mais, maman, s'écria Henri, les arbres remuent leurs branches d'eux-mêmes, et vous ne sauriez croire quel vent ils font! Je le sais; parce que l'année dernière, pendant que nous étions à Belle-vue, je m'amusai à les regarder par la fenêtre de ma chambre, et Anna me dit qu'elle ne voulait pas que je sortisse, dans la crainte que quelques branches ne me tombassent sur la tête: ainsi vous voyez, maman, que les arbres se remuent d'eux-mêmes. »

— «Petit nigaud, lui dit sa mère

en riant; c'était le vent qui agitait les arbres. »

—« Mais, reprit Henri, j'ai vu les arbres se remuer, et je n'ai aperçu le vent nulle part. »

—« Tu oublies donc, dit sa mère, que les arbres sont des végétaux, qui n'ont pas la faculté de se mouvoir d'eux-mêmes; le vent les agite, brise quelquefois leurs branches, et lorsqu'il est très-violent, il les déracine et les renverse. »

—« Quelles grandes racines un arbre doit avoir! n'est-ce pas, maman? » dit Henri.

—« Oui, répondit sa mère; aussi le vent en arrache-t-il rarement. »

—« Quelle singulière chose que

6.

le vent! s'écria Henri; il souffle avec violence, et il est plus fort qu'un homme, puisqu'il déracine un arbre, et qu'un seul homme ne le peut pas. Vous rappelez-vous, maman, le grand nombre d'ouvriers qu'il a fallu pour arracher celui qui était dans la cour? ils avaient attaché une grosse corde autour de la tige, puis ils l'ont tirée pendant bien long-temps avant de pouvoir le faire tomber. »

— « Oui, répondit Mme Dumont, et cependant le jardinier avait creusé la terre tout autour de l'arbre, afin que les racines fussent plus facilement enlevées. »

— « Je vous en prie, maman,

s'écria Henri, dites de quoi se compose le vent. »

— « Tu es trop jeune pour le comprendre, répondit-elle; tu le sauras plus tard. Maintenant j'ai des lettres à écrire; ainsi va jouer près de ta bonne. »

En entrant dans sa chambre, Henri alla regarder les arbustes que sa mère lui avait donnés peu de jours auparavant, et vit que les feuilles en étaient flétries.

— « Ma bonne, s'écria-t-il, je vous en prie, dépêchez-vous de me donner de l'eau pour arroser mes plantes; elles vont mourir! »

— « Je crois, répondit Anna, que vous leur en avez donné beaucoup trop. »

6..

— « Mais, reprit Henri, quand maman voit les feuilles de ces arbustes se flétrir, elle les arrose, et peu de temps après elles redeviennent vertes et fraîches. »

— « Lorsque vous avez bien faim, lui dit Anna, vous vous sentez faible et prêt à vous trouver mal ; mais dès qu'on vous a donné à manger, vos forces reviennent ; n'est-ce pas ? »

— « Oui, répondit Henri, et l'eau est pour les plantes ce que le poulet et le pain sont pour moi. »

— « Je suppose, reprit Anna, que quand vous avez bien dîné, et que vous n'avez plus faim, on vous apportât encore du pain et

du poulet, qu'on vous le fît manger malgré vous, et cela pendant
plusieurs jours de suite, vous fini-
riez par tomber malade, et on serait obligé d'envoyer chercher un
médecin pour vous soigner. »

— « Je comprends très - bien
maintenant ce que vous voulez
dire, s'écria Henri; j'ai donné de
l'eau à mes plantes, lorsqu'elles
n'avaient pas soif, et elles sont
malades; faudra-t-il envoyer chercher un médecin pour elles? »

—« Le médecin des plantes est
le jardinier, répondit Anna; mais
il est à Belle-vue. Cependant je
crois que vous pourrez les empê-
cher de mourir, en les mettant

sur le balcon à l'air et au soleil, et en ne les arrosant pas d'ici à quatre ou cinq jours. »

Henri courut aussitôt demander à sa mère ce qu'elle en pensait. Elle lui répondit qu'elle était de l'avis d'Anna. Alors il se hâta de porter les arbustes sur le balcon, et peu de jours après ils avaient repris leur première fraîcheur.

Le Vent et la Girouette.

— « Maman, dit Henri, en entrant un matin dans la chambre de sa mère, le vent souffle avec tant de force aujourd'hui, que je crois qu'il renversera quelques arbres.

J'aimerais à voir le vent les déra-
ciner. »

— «Oh les pauvres arbres! s'écria
sa mère, maintenant qu'ils sont
couverts de feuilles, ce serait dommage de les voir mourir, et tu
sais que s'ils étaient déracinés, les
feuilles tomberaient, et que les
arbres eux-mêmes se dessèche-
raient. »

— «Sortirons-nous aujourd'hui,
maman? » demanda Henri.

— «Non, répondit sa mère, le
vent d'est souffle avec trop de violence. »

— «Que veut dire vent d'est,
maman? »

— «Cela veut dire que le vent

vient de l'est, mon fils; sais-tu de quel côté est l'est?»

— «Il est là, dit Henri, en montrant du doigt une colline voisine; voilà l'est, parce que le soleil se lève juste au-dessus de la colline.»

— «Regarde, lui dit sa mère, la girouette qui surmonte le pavillon situé sur la droite; vois-tu quatre grandes lettres, peux-tu me les nommer?»

— «Je les reconnais très-bien, dit Henri; d'abord il y a un grand E, qui est vis-à-vis la colline où le soleil se lève, puis un O, qui veut dire ouest, du côté où il se couche; un N indique le nord : le soleil n'est jamais de ce côté; et l'S signifie sud, où il paraît vers le milieu du jour. Cependant la matinée n'est pas encore écoulée, et le grand S est, je crois, tourné vers le soleil. »

— « Pas tout-à-fait, reprit sa mère; midi est regardé comme le milieu du jour, et il n'est encore que dix heures. Mais la girouette n'indique pas seulement l'est, l'ouest, le nord et le sud : ne vois-tu pas qu'elle est surmontée d'un coq qui est tourné vers l'est? Ce coq indique de quel côté vient le vent. »

— « Maman! s'écria Henri, si je prenais une échelle, je pourrais y monter et tourner le coq vers l'ouest; le vent viendrait alors de l'ouest, et nous pourrions sortir, puisque vous m'avez promis de me mener promener dès que le vent d'est aurait cessé. »

— « Tu crois donc, dit sa mère en souriant, que c'est la girouette qui agite le vent, et non ce dernier qui fait tourner la girouette? Viens près de moi; je vais t'en faire une, pour que tu puisses comprendre facilement que c'est le vent qui la fait mouvoir. »

Elle prit une carte dont les quatre côtés étaient parfaitement égaux, la découpa en forme de croix, aux quatre pointes de laquelle elle attacha une toute petite carte carrée, et écrivit en grosses lettres sur chacune d'elles E. O. N. S.;

elle prit un morceau de fil de fer bien droit, le passa au milieu de la croix et l'y attacha fortement, puis avec des ciseaux elle donna à une carte la forme d'un coq, perça le milieu de son corps avec une aiguille et le posa sur la pointe du fil de fer. « Oh la jolie girouette! s'écria Henri, où trouverons-nous du vent pour la faire tourner? »

— « Si tu essayais, lui dit sa mère, de la souffler avec la bouche, comme tu fais le matin lorsque tu prends du lait chaud. » Henri se mit à souffler de toutes ses forces, et fut enchanté de voir le coq remuer.

— « Pourquoi tourne-t-il toujours la tête contre mes lèvres, de quelque côté que je souffle, » demanda Henri. Sa mère lui fit remarquer que la queue et le corps étaient plus grands que la tête et le cou, et que, lorsqu'il le soufflait, une plus grande partie d'air frappait contre la queue et le corps, et le faisait mouvoir. « Quel vent veux-tu représenter maintenant ? » lui demanda-t-elle.

—« Le vent d'est, » répondit Henri. Sa mère prit la girouette, plaça la lettre E devant les lèvres de l'enfant, qui souffla bien fort pour imiter le vent d'est, et l'air, agitant le corps du coq, le fit tourner, et sa tête se trouva vis-à-vis de Henri. Après avoir été tour à tour les vents d'ouest, du nord et du sud, il était si hors

d'haleine, qu'il pouvait à peine respirer. « Je n'en puis plus, s'écria-t-il;
maman, voulez-vous me permettre
d'ouvrir la fenêtre pour laisser le vé-
ritable vent tourner la girouette? »

— « Il en fait trop, répondit sa
mère; emporte la girouette chez ta
bonne, elle pourra peut-être t'aider
à la faire tourner. »

Henri se hâta d'aller trouver Anna,
il était toujours pressé de lui faire
voir ses nouveaux joujoux. Il lui
raconta qu'il avait représenté les
quatre différens vents, et lui dit
qu'il était si fatigué de souffler, qu'il
la priait de cesser de travailler et
de l'aider.

— « Je crois, reprit Anna, qu'il y
7.

a quelque chose dans cette chambre qui soufflera mieux que nous ne pourrions le faire. Devinez-vous ce que ce peut être?» et les regards d'Anna se portèrent vers la cheminée.

— « J'ai deviné, s'écria Henri, ce doit être le soufflet. » Il courut bien vite pour le chercher et le donner à Anna, qui souffla la girouette pendant quelque temps; mais bientôt elle lui dit qu'il fallait qu'elle se remît à travailler. Alors il prit la girouette, l'enferma dans une armoire que sa mère lui avait donnée pour serrer ses joujoux, et dit qu'il allait s'asseoir et jouer tranquillement avec son petit village.

L'Air et le Soufflet.

Le lendemain Henri, après avoir fait part à sa mère du moyen qu'Anna avait découvert pour faire tourner la girouette sans se fatiguer à souffler, lui dit : « Maman, comment un soufflet peut-il contenir assez de vent pour qu'il en sorte toujours? »

Sa mère prit alors un soufflet et lui montra que d'un côté il y avait un grand trou; elle ouvrit doucement le soufflet, et dit à Henri de poser la main contre ce trou pour sentir s'il en sortirait du vent.

— « Maman, s'écria-t-il, il y a quelque chose dans le trou qui ressemble à une petite porte qui empêche le vent de sortir; mais on dirait que le vent attire ma main et ouvre la petite porte pour entrer. »

— « C'est effectivement ce qui arrive, dit sa mère; regarde comme le soufflet est gonflé maintenant que je tiens les deux poignées éloignées l'une de l'autre. »

— « Oh oui, reprit Henri, il est plein de vent. A présent, maman, voulez-vous le fermer, je sais par où le vent sortira. » Il mit la main au bout du soufflet, sa mère rapprocha les deux poignées, et Henri sentit le vent en sortir. Il resta quelques instants pensif, puis il dit : « Ainsi le soufflet ne contient pas

une grande quantité d'air à la fois;
mais chaque fois qu'on l'ouvre, il
en entre par la porte qui est dans
le milieu; lorsqu'on presse les poignées l'une près de l'autre pour le
faire sortir, pourquoi ne s'échappe-
t-il pas aussi bien par le grand trou
que par le bout?»

— «Parce que la porte qui est
dans le grand trou se ferme, et
empêche l'air de sortir,» lui dit sa
mère.

— «Elle s'ouvre pour le laisser
entrer, pourquoi ne s'ouvrirait-elle
pas pour le laisser sortir?» demanda
Henri.

Sa mère lui dit de toucher la
petite porte, et lui fit remarquer

qu'elle s'ouvrait à l'intérieur et non pas à l'extérieur, et qu'ainsi une fois que l'air était entré, il ne pouvait plus sortir que par l'embouchure.

— « Qu'est-ce que l'air, maman, est-ce bien la même chose que le vent? »

— « Oui, mon enfant, répondit-elle; lorsqu'il est agité et qu'il souffle avec violence, on l'appelle vent, et lorsqu'il est calme, il prend le nom d'air. »

— « Alors le vent n'est autre chose que de l'air qui remue, dit Henri; et lorsque je soufflais la girouette avec ma bouche, l'air en sortait-il comme il en sort du soufflet? »

— « Oui, mon ami, » répondit sa mère.

— « Comment fait-il pour entrer dans ma bouche? » demanda Henri.

— « Il entre dans la bouche lorsqu'elle est ouverte, » lui dit sa mère.

Henri se mit à souffler de toutes ses forces, et montrant du doigt ses joues gonflées, il demanda si elles ne ressemblaient pas à un soufflet?

— « Oui, répondit sa mère, excepté que l'air entre et sort par la même ouverture. »

— « L'ouverture est assez grande pour que l'air puisse entrer et sortir en même temps, n'est-ce pas, maman? » dit Henri.

— « Il n'entre et ne sort pas en même temps, reprit sa mère; fais attention à la manière dont tu respires. »

— « Je sens l'air entrer dans ma gorge et descendre là, dit-il en mettant la main sur la poitrine, il me gonfle comme un soufflet. »

— « Oui, répondit sa mère; mais pendant que tu viens de parler, l'air est sorti; respire lentement et un peu fort. »

Henri ouvrit la bouche, huma l'air, qui descendit d'abord dans sa gorge, puis il mit la main devant sa bouche pour le sentir s'échapper. « Pourquoi ne voyons-nous pas l'air et le vent, maman? demanda Henri, je suis sûr que ce doit être quelque chose, je le sens si bien, et il est si fort lorsqu'il est agité, qu'il renverse quelquefois de grands arbres, cependant je ne puis le voir; quand je sors, je le sens remuer, je sais qu'il y a du vent dans les jardins, dans les rues, mais je ne sais pas distinguer s'il y en a dans une chambre dont les fenêtres sont fermées; comment le saurai-je, puisque je ne puis pas le voir?»

— «Tu peux savoir qu'il y en a, lui dit sa mère, parce que tu le respires; s'il n'y en avait pas, il ne pourrait en entrer dans ta bouche lorsque tu l'entr'ouvres, et tu ne pourrais pas vivre sans respirer.»

— «Maman, je n'avais jamais respiré avant que vous ne m'ayez dit de le faire; cependant je crois me rappeler que lorsque je cours, je suis quelquefois obligé de reprendre haleine ; mais quand je joue sans courir, je ne m'arrête jamais pour respirer. »

— « Non, dit sa mère, mais tu respirais sans t'en douter ; essaie de tenir la bouche fermée de manière à ce que l'air ne puisse y entrer ni en sortir. »

Henri le fit ; mais au bout de quelques instans il l'ouvrit, en disant : « je ne puis pas la tenir fermée plus long-temps, il me semble que je vais étouffer. »

— « Tu vois, lui dit sa mère, qu'il est beaucoup plus facile de respirer que de ne pas le faire. »

— « Est-ce que je respire toujours ? » demanda Henri.

— « Oui, répondit sa mère; seulement, lorsque tu as couru quelque
temps, tu es obligé de t'arrêter pour
reprendre haleine, parce que tu ne
peux respirer que difficilement pendant que tu cours. »

— « Est-ce que vous et papa res-
pirez aussi ? » demanda Henri.

— « Oui, » répondit sa mère. Henri
la regarda attentivement pendant
qu'elle travaillait, et dit : « Maman,
je vous vois respirer, je ne veux pas
dire que je voie l'air entrer et sortir
de votre bouche; mais je vois votre
cou remuer comme si vous buviez
l'air; pouvons-nous respirer en dor-
mant ? »

— « Oui, répondit sa mère, regarde Carlo qui dort sur ce coussin, ne respire-t-il pas ? »

— « C'est vrai, reprit Henri, je vois son corps remuer à mesure que l'air y entre et en sort. Je ne savais pas que les animaux respirassent. Est-ce que les chevaux, les bœufs, les chats, les canards, les poules respirent ? » — « Tu n'en finirais pas, lui dit sa mère en l'interrompant, si tu nommais les uns après les autres tous les animaux qui ont la faculté de respirer. »

— « Voulez-vous que je vous dise les noms des choses qui ne respirent pas ? »

— « Oh non, répondit-elle, cela te prendrait encore plus de temps;

car tu sais que les arbres, les maisons, les chaises, etc., ne respirent pas. »

— « Ce ne sont pas ces choses-là que je voulais nommer, maman; j'ai eu tort de les appeler des choses, puisque ce sont aussi des animaux, mais des animaux qui vivent dans l'eau; papa les nomme des poissons. Vous savez, maman, comme ils nagent vite, lorsque papa cherche à les attraper avec la ligne. Ils ne doivent pas respirer; car je me souviens que, quand Léon tomba dans l'eau, il dit qu'il avait manqué étouffer, parce qu'il ne pouvait pas respirer. »

— « C'est vrai, répondit sa mère;

8.

mais c'est parce que Léon ouvrit la bouche pour respirer, et que l'eau y entra à la place d'air. Les poissons peuvent respirer sous l'eau, parce qu'il y a assez d'air pour eux, quoiqu'il n'y en ait pas suffisamment pour Léon. Mais nous avons causé long - temps aujourd'hui; Henri, va trouver Anna, et prie-la de te mener promener sur les boulevards. Il embrassa sa mère et partit à l'instant.

Une Visite à Belle-vue.

Un matin Henri entendit sa mère donner l'ordre que les chevaux fussent prêts immédiatement après le déjeûner; j'ai l'intention, dit-elle à Henri, de te mener avec moi passer la journée à Belle-vue.

— « Oh que je suis content, s'écria-t-il, je verrai Pierre Mante travailler au jardin. »

Henri courut bien vite trouver Anna pour lui faire part du plaisir qu'il allait avoir, et pour la prier de l'habiller; puis il retourna dans la chambre de sa mère, et il se mit à la fenêtre pour regarder si le cocher attelait les chevaux.

— «Je ne le vois pas encore, s'écria Henri ; pourquoi est-il si long-temps à mettre les chevaux ?»

— «Je pense que c'est parce qu'ils ne sont pas encore prêts,» lui répondit sa mère.

— «Mais maman, reprit-il, vous n'avez pas l'air pressé d'aller à Bellevue ; est-ce que cette course ne vous amuse pas ?

— «Si fait, répondit-elle ; mais il faut attendre que les chevaux soient harnachés, attelés, et tout cela prend un peu de temps. Si je m'impatientais, je finirais par être de mauvaise humeur. Alors je ne me sentirais pas heureuse, parce que je serais fâchée de m'être mise en colère et d'avoir grondé le cocher, d'autant plus que ce retard n'est peut-être pas de sa faute. »

Précisément c'est ce qui était arrivé, le fer de l'un des chevaux s'était détaché, et on l'avait conduit chez un maréchal pour y mettre des clous. Il fallut l'attendre pendant près d'une heure; mais Henri résolut d'imiter sa mère, et de supporter ce contre-temps avec patience.

Lorsque la voiture fut prête, Mme Dumont et son fils y montèrent. Dès qu'ils eurent rejoint la grande route, Henri vit que le gazon qui la bordait était couvert de petites fleurs bleues et jaunes.

— « Maman, s'écria-t-il, voulez-vous dire au cocher d'arrêter pour que je puisse cueillir quelques-unes de ces fleurs. »

— « Il faut que tu attendes que nous soyons à Belle-vue, lui dit sa mère, nous y trouverons autant de fleurs que tu pourras en désirer. »

Bientôt ils aperçurent le château de Belle-vue, il était situé sur le sommet d'une colline, et Henri s'écria : « Maman, nous entrons dans l'avenue qui conduit à Belle-vue, je la reconnais très-bien. »

Au même instant il vit accourir le chien de garde, Fox, qui se mit à aboyer et à sauter autour de la voiture jusqu'au moment où Mme

Dumont et son fils en descendirent.
Fox manqua de jeter Henri par terre,
tant il sautait sur lui pour le caresser et lui témoigner la joie qu'il
éprouvait de le revoir, et Henri, de
son côté, étreignit avec tant de forces
les bras autour du cou de Fox, que
le pauvre animal, ne pouvant plus
respirer, hurla de douleur.

— « Henri! s'écria M.me Dumont,
tu étrangles Fox, tu oublies donc,
mon enfant, qu'un chien est un
animal qui respire; si tu tiens les
bras si serrés autour de son cou,
l'air ne pourra pas y entrer et il
étouffera. »

— « Cher Fox, dit Henri, je ne
voulais pas te faire du mal, » et il

se mit à le caresser tout doucement.

Peu d'instans après Henri dirigea
ses pas vers le parc, où il rencontra
Pierre Mante. Ils furent enchantés
de se revoir, et se donnèrent la
main.

— « A quoi travaillez-vous dans
le jardin? » demanda Henri.

— « Je vais vous le montrer, répondit Pierre; venez avec moi. »

Dès qu'ils furent arrivés au potager, Pierre prit dans un petit sac
qu'il tenait à la main des pois secs,
qu'il mit un à un dans la terre.
« Je sème des pois, dit-il, et lorsqu'ils seront poussés, vous en man-
gerez à dîner; ces pois vont germer,

et bientôt après ils auront des racines, des tiges et des feuilles. »

— « Quoi, sous terre? » s'écria
Henri.

— « Oui, répondit Pierre; mais
les racines seules y resteront; la
tige s'élèvera si haut que ni vous ni
moi nous ne pourrons l'atteindre. »
Puis il conduisit Henri près d'un
autre petit champ, et il lui montra
des feuilles vertes qui étaient un
peu au-dessus du niveau de la terre.

— « Voici, dit Pierre, des pois
qui ont été semés il y a quinze
jours. » Il en arracha quelques-uns
et fit remarquer à Henri qu'on voyait
encore le pois, qu'il s'était ouvert
et que de l'intérieur il en était sorti

des racines qui s'étendaient dans la terre, tandis qu'une petite tige s'élevait en dehors. Plus tard, ajouta-t-il, elle sera couverte de larges feuilles, puis, bientôt après de fleurs. »

— « Tant mieux ! s'écria Henri ; je cueillerai des fleurs pour en faire des bouquets. »

— « Non, non, reprit Pierre ; si vous preniez les fleurs, vous n'auriez plus de pois à manger. Il faut les laisser sur la tige jusqu'à ce qu'elles se flétrissent, meurent et tombent ; alors vous apercevrez une petite gousse verte et molle : c'est dans cette gousse que sont cachés les pois. »

Henri allait sortir du potager, lorsqu'il vit un arbre couvert de fleurs d'un blanc rosé; quelques-unes des branches tombaient si bas, que Henri essaya d'y atteindre et d'arracher une de celles qui portaient des fleurs.

— «Que faites-vous, monsieur Henri? s'écria le jardinier, qui venait d'entrer avec M.me Dumont; vous allez gâter un de mes jeunes pommiers. »

— «Je ne vois pas de pommes sur cet arbre, » dit Henri.

— «Il n'y en aura jamais, si vous arrachez les fleurs, » reprit le jardinier.

— «Comment une fleur se changerait-elle en une pomme?» demanda Henri.

—«Ce n'est pas la totalité de la fleur, répondit sa mère, mais une partie seulement; lorsqu'elle sera tombée, tu distingueras parfaitement à la place une pomme extrêmement petite et verte.»

—«Madame veut-elle voir les abricotiers?» demanda le jardinier.

—«Oui,» répondit-elle. Ils y allèrent, et sur plusieurs de ces arbres Henri vit de petits fruits verts.

—«Voilà de petites pommes!» s'écria-t-il.

—«Ce ne sont pas des pommes, mais des abricots, lui dit sa mère;

ils ne seront mûrs que vers le milieu de l'été. » Elle se baissa ensuite pour cueillir des violettes; elles étaient tellement couvertes de feuilles que Henri ne vit les fleurs qu'après que sa mère les lui eut fait remarquer.

— « Il y en a de bien plus jolies que cela sur le gazon, dit Henri; je vais aller en cueillir de quoi vous faire un bouquet, maman. »

— « J'aime mieux les violettes, répondit-elle, parce qu'elles ont une odeur douce et suave; mais tu peux aller avec Pierre cueillir les fleurs qui te plaisent le plus. »

Les deux enfans se mirent aussitôt à courir. Henri cueillit indistinctement toutes les fleurs qu'il aperçut ; mais Pierre ne prit que des primevères. Quand il en eut une grande quantité, il les attacha ensemble, et mettant les queues les unes contre les autres, il en forma une grosse boule jaune, qu'il remit à Henri.

— « Quelle jolie balle ! s'écria ce dernier, merci Pierre. »

Il courut bien vite la montrer à sa maman. Peu d'instans après, Henri dit adieu à Pierre ; il remonta en voiture avec sa mère, et ils retournèrent à Paris.

Croissance et Décroissance des Jours.

Henri fut très-étonné un soir de voir sa bonne venir le chercher pour le faire coucher avant qu'il ne fît nuit.

— « Il n'est pas encore sept heures et demie, dit Henri, et vous savez, Anna, que je ne me couche jamais avant cette heure. »

— « Il vient de sonner sept heures et demie », répondit-elle.

— « Vous vous trompez assurément, reprit Henri ; car il fait ordinairement nuit à cette heure. »

— « Pas vers la fin du printemps,

répondit Anna, et vous savez que nous y sommes maintenant. »

— « Mais il faisait nuit hier quand je me suis couché, s'écria Henri, puisque vous avez allumé une bougie avant de me déshabiller. »

— « Les jours alongent, et vous ne vous coucherez plus à la lumière, » dit Anna.

— « Il est dommage de se coucher, lorsqu'il fait encore jour, reprit Henri; je vais demander à maman si elle veut me permettre de rester levé jusqu'à huit heures. »

M.{me} Dumont y consentit, et Anna reçut d'elle l'ordre de ne revenir que dans une demi-heure.

— « Les jours grandiront-ils encore ? » demanda Henri à sa mère.

— « Jusqu'à la mi-Juin, répondit-elle ; alors ils raccourciront jusqu'au milieu du mois de Décembre. Ne te rappelles-tu pas qu'à cette époque ton père et moi nous dînions toujours à la lumière, parce que le soleil se couchait long-temps avant six heures. »

— « Est-ce que le soleil ne se couche pas toujours à la même heure ? » demanda Henri.

— « Non, répondit sa mère ; l'hiver il disparaît de dessus l'horizon beaucoup plus tôt qu'au printemps. »

— « Je me rappelle, dit Henri, que c'est le soleil qui nous éclaire, et que lorsqu'il se couche, il fait nuit peu de temps après. Je me souviens aussi qu'il va éclairer d'autres contrées ; est-ce qu'il y reste tout le temps qu'il est absent d'avec nous ? »

— « Oui, répondit Mme Dumont, et les peuples qui habitent dans ces pays lointains, ont l'hiver, pendant que nous avons l'été. Le soleil ne peut pas éclairer le monde entier à la fois. »

— « Qu'est ce que c'est que le monde, maman ? » demanda encore Henri.

— « On donne ce nom, répondit-elle, au ciel, à la terre, et à tout ce qui y est compris, tels que les villes,

les villages, les rivières et les cam-
pagnes qu'on voit, et à d'autres
encore dont on ne connaît que les
noms. »

— « Quoi? Paris, Belle-vue, Ver-
sailles, où Charles demeure pendant l'été, et Saint-Cloud où est
ma cousine Marie, tout cela fait
partie du monde? » s'écria Henri.

— « Oui, » répondit Mme Dumont.

— « Les contrées habitées par les
nègres font-elles aussi partie du
monde? » demanda Henri.

— « Oui, répondit sa mère, et
plusieurs autres pays encore, où
les habitans ont le teint cuivré. »

— « Je voudrais bien aller dans
ce pays-là, maman; ne pourriez-

vous pas m'y mener un jour? »

— « Non, mon enfant, c'est trop loin d'ici, répondit-elle; mais voilà le soleil qui disparaît; ainsi viens m'embrasser, et va rejoindre ta bonne. »

TABLE.

FIN DU TOME SECOND.

www.ingramcontent.com/pod-product-compliance
Ingram Content Group UK Ltd.
Pitfield, Milton Keynes, MK11 3LW, UK
UKHW031843170726
13836UKWH00004B/1858